DANI BOCAFUEGO

LA CUEVA DEL MURCIÉLAGO GIGANTE

DANI BOCAFUEGO

LA CUEVA DEL MURCIÉLAGO GIGANTE

POR URSULA VERNON

novelagráfica
FREEPORT MEMORIAL LIBRARY

Este va para todos los amigos y lectores que trabajan en el rescate de animales y cuyas historias –desde águilas homicidas hasta marsupiales iracundos y perros con pinchos– me han apasionado y me han dado esperanza durante tantos años. Me alegro mucho de que estéis ahí.

Primera edición: octubre de 2011

Diseño de la portada y del interior: Lily Malcom
Realización de la portada: Adriana M. Vila-Abadal
Maquetación: Marquès, SL

Título original inglés: *Lair of the Bat Monster*
Traducción del inglés de Bruno Díaz

Edición: David Monserrat
Coordinación editorial: Anna Pérez i Mir
Dirección editorial: Iolanda Batallé Prats

© Ursula Vernon, 2010, del texto
© La Galera, SAU Editorial, 2011, de la edición en lengua castellana

«Novela Gráfica» es un sello de la editorial La Galera.

La Galera, SAU Editorial
Josep Pla, 95 – 08019 Barcelona
www.editorial-lagalera.com
lagalera@grec.com

Todos los derechos reservados. Esta edición ha sido publicada con permiso de Dial Books for Young Readers, una división de Penguin Young Readers Group, del Grupo Penguin (USA) Inc.

Impreso en Tallers Gràfics Soler - Enric Morera, 15 - 08950 Esplugues de Llobregat
Depósito Legal: B. 29.985-2011
Impreso en la UE
ISBN: 978-84-246-3599-2

EN EL OSCURO CORAZÓN DE LA MÁS ESPESA
JUNGLA, EL VALIENTE EXPLORADOR SE ABRE
PASO ENTRE LA MALEZA.

¡POR FIN, VE SU OBJETIVO!

UN DESCUBRIMIENTO EXTRAÑO

—Hace mucho calor —dijo Vicente—. Quiero ir a la piscina. ¿Estás ahí parado murmurando por alguna razón en concreto?

Dani Bocafuego se sobresaltó.

—¿Eh? ¡Ah! No, no... solo estaba... —hizo un gesto indeterminado con la mano—. Bueno, ya sabes.

Vicente suspiró. Desde luego que lo sabía. Había sido el mejor amigo de Dani desde hacía muchos años, muchas visitas a urgencias e incontables fantasías.

—La jungla es una pasada —anunció Dani.

Vicente miró a su alrededor. Estaban sentados al

borde de la piscina municipal del barrio. Había algunas macetas con plantas y un seto al otro lado de la verja de entrada, pero nada que pudiera ser considerado una jungla.

—Me parece que el calor te ha frito el cerebro.

Dani rió.

—El calor no me molesta; soy un dragón.

—Tengo un vago recuerdo de ir contigo a la playa el verano pasado...

—Hum.

—Te insolaste tanto que te pasaste una semana sin poder acostarte de espaldas.

PERO SOLO FUE UNA VEZ.

Dani suspiró, aliviado. Le había prometido a su madre ponerse crema solar —ella tampoco había olvidado el incidente de la playa—, pero nunca recordaba cogerla. Demasiadas cosas en que pensar, demasiadas cosas que recordar. Ya era bastante suerte si se acordaba de llevar la toalla.

—Esto, Vicente...

—También he traído una toalla para ti.

Era un día caluroso. Había bastantes familias nadando. El Gran Nacho, el dragón de Komodo y matón del barrio, acechaba en la parte honda de la piscina.

Vicente, aún sentado en el borde, metió con cautela un dedo del pie en la piscina.

—¡Ufff!

Empezó a bajar lentamente por la escalerilla.

Dani, con su estilo habitual, cogió carrerilla y se tiró en plancha al agua.

—¡JERÓNIMOOO!

—Así es más rápido —dijo Dani, chapoteando con la cola—. Además, hace como cuarenta grados ahí fuera. ¡Aquí se está genial!

Vicente murmuró algo no muy fino. Una lagartija adulta que había estado tomando el sol se sentó y miró a Dani.

—Oh, lo siento —dijo él—. No la había visto.

La lagartija murmuró algo y volvió a tumbarse.

—Lo que no entiendo —le dijo Dani a Vicente— es por qué la gente viene a la piscina si no quiere mojarse.

URRR.

Seguro que Vicente tenía una excelente explicación para eso, pero estaba demasiado ocupado mirando algo que salía del agua, detrás de Dani.

—Ah, bueno. Si estabas saliendo, no quiero retenerte —dijo Dani, apartándose.

Primero el Gran Nacho puso cara de confusión, y después de ira. Se precipitó sobre el dragón, mucho más pequeño que él.

Dani miró por toda la piscina. Había tres adultos, sin contar la lagartija que tomaba el sol. El Gran Nacho no iba a darle mamporros en presencia de adultos, por muchas ganas que tuviera. Por el momento, Dani estaba a salvo, y lo sabía.

El Gran Nacho también lo sabía. Pasó a empujones por el costado de Dani, clavándole «accidentalmente» un codo en las costillas, y se largó enfurecido.

Una o dos horas más tarde, cansados de tanto nadar y jugar en el agua, Vicente y Dani flotaban perezosamente en la piscina. Las familias ya se habían ido, la lagartija que tomaba el sol había enrollado su toalla y también había salido, y solo quedaban los dos chicos y la deliciosa agua azul.

Dani se dio la vuelta para flotar boca arriba. Faltaban meses para que empezara el cole de nuevo. La piscina estaba abierta todos los días. ¡La vida no podía ser mejor!

Las nubes tenían toda clase de formas interesantes. Dani vio un cohete y una pistola y algo que podía ser un calamar gigante. Entornó los ojos. Sí, definitivamente, era un calamar gigante. Y, como el viento movía las nubes, el calamar iba a coger la pistola, y esa otra nube podía ser un vaquero, e igual podrían hacer un duelo, y...

—¿Qué es eso? —preguntó Vicente.

—Es un calamar gigante con una...

—No vuelvas a mencionar nunca los calamares gigantes —dijo Vicente, y puso cara de miedo. Un año atrás había estado peligrosamente cerca de uno de verdad, gracias a otro de los planes desquiciados de Dani—. Y no tengo ni idea de qué hablas tú, pero yo me refiero a eso.

La iguana señaló con el dedo, y Dani fue hacia allá a ver qué miraba su amigo.

Había algo en el filtro de la piscina, dentro del pequeño hueco que tragaba y echaba agua. Parecía un montón de hojas muertas negras.

—¿Son hojas? —Dani miró más de cerca.

—No creo que las hojas se dediquen a trepar por las paredes.

Mientras miraban, el bulto negro se apretó contra la pared e intentó hacer pie. Después volvió a caer al agua.

—¡Creo que es un murciélago! —dijo Dani, alucinado.

Vicente buscó a tientas una de las toallas al lado de la piscina y se limpió el agua de las gafas.

—Vaya... creo que tienes razón.

Vicente cerró fuertemente los ojos y se concentró. Dani esperó. Su amigo era un empollón de la cabeza a las patas, y cada dato que aprendía quedaba almacenado en su cerebro como polvo pegado a una bola de plastilina tras pasarla sobre una alfombra.*

—No tenemos que tocarlo —dijo Vicente por fin—. Necesitamos guantes o algo así.

—¡Pero si es muy pequeño! —dijo Dani—. ¿Qué nos puede hacer?

*A la madre de Dani, este experimento la había hecho enfadar mucho. Dani le había explicado que estaba intentando inventar una nueva forma de barrer, cosa que no lo ayudó en nada.

—No creo que haya otra clase de rabia —dijo Vicente—. Podemos usar una toalla para cogerlo.

Dani cogió una y se envolvió con ella un brazo que extendió hasta el hueco.

—Ten cuidado —dijo Vicente, mirando detrás de él, por encima del hombro de Dani—. Creo que son muy delicados. Pero no dejes que te muerda. Recuerda las salchichas malditas...

—¡Venga ya! ¡Eso fue muy guapo! —Dani no conseguía que le entrara la mano en el hueco, así que se agachó, apretó una mejilla contra el suelo y tanteó sin poder ver nada.

—Ya casi estás —dijo Vicente.

Los dedos de Dani se cerraron sobre algo que era solo un poco más sólido que el aire.

—¡Lo tengo!

Sacó la forma negra.

—¡Apenas pesa nada! —dijo Dani.

—Tienen que ser muy ligeros para poder volar —dijo Vicente, subiéndose las gafas por la nariz.

Miraron el murciélago. Tenía un morro corto y parecido al de un perro, y orejas gigantes con la piel arrugada dentro. Tenía la boca ligeramente abierta,

mostrando una fina hilera de dientes.

—Es... hummm... bonito.
En fin, dentro de lo feo.

—Sí —dijo Vicente—, es...
horro... encantador.

—¿Qué clase de murciélago
es? Fue una redacción de dos
páginas —dijo Vicente—. No
llegué a la taxonomía avanzada de murciélagos.

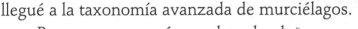

—Bueno, ¿y por qué no sale volando? —preguntó
Dani—. ¡Tú, murciélago! ¡Vuela!

El murciélago se quedó parado.

—No creo que pueda —dijo Vicente—. Se le ve empapado. Y eso que hay en su ala, ¿no es un agujero?

La iguana tocó con cuidado el ala del murciélago.
Este la apartó con un chillido.

—¡Aaaaaay! —Vicente cayó de culo, y hasta Dani
se sobresaltó.

No era un chillido normal de animal. Era más como
de estática al cambiar de estaciones en una radio; algo
así como una radio enfadada.

—¿Qué dice?

—¡Yo qué sé! ¡No hablo murciélago! —Vicente recuperó el aliento—. Quizás deberíamos tenderlo en algún lugar, dejar que se seque...

—Bueno, ¿pues entonces qué hacemos?

Dani, con movimientos muy lentos, cubrió la cabeza del murciélago con la toalla. Este no reaccionó.

—No lo sé... pero sé de alguien que sí lo sabrá.

Se levantó y acabó de envolver al animal, que seguía sin moverse, en la toalla. Este seguía sin moverse. Dani esperó que pudiera respirar.

—Llevémoslo a mamá.

MURCIÉLAGOS EN LA FAMILIA

Hay un cierto tono de voz que desata el miedo y el terror en el corazón de todos los padres del mundo; una especie de tono muy estudiado que intenta sonar espontáneo y que significa que algo ha ido horrible, horriblemente mal. Fue el tono que eligió Dani.

—Diiime, mamá...

La señora Bocafuego se quedó inmóvil. Se volvió lentamente en la silla de su escritorio y olfateó el aire. No olió a fuego. Al menos, no mucho. Normalmente, la casa olía un poco a humo —después de todo, estaba habitada por dragones—, pero nada parecido a como olería si, por ejemplo, se estuviera incendiando. Eso ya resultaba tranquilizador de por sí.

—¿Síiiiii? —dijo ella.

Dani se quedó en el portal. Vicente estaba detrás de él y aparentemente era capaz de caminar por sí solo, lo cual descartaba la situación «Vicente herido de seriedad» que tantas veces antes había sido causa de ese tono de voz en Dani. («Dime, mamá... hablando solo

hipotéticamente... si alguien se hubiese dislocado un brazo, ¿qué pinta tendría?»).

—¿Recuerdas el pájaro aquel que encontramos la primavera pasada? —preguntó Dani.

—¿El mirlo? Sí...

Dani le dio su paquete envuelto en toalla de baño.

—Hemos encontrado un murciélago en la piscina. Creemos que está herido. ¿Puedes ayudarlo?

—¿Eh? —dijo la madre de Dani—. ¿Un murciélago? ¿No transmiten la rabia?

—Hemos ido con mucho cuidado —dijo Vicente—. Lo envolvimos en la toalla y no hemos tocado su piel.

—Ajá.

—¡Lo hiciste muy bien con el pájaro! —dijo Dani, animado—. ¡Seguro que puedes ayudar a este murciélago!

—Tu confianza me llega al alma —dijo secamente su madre. Desató el nudo que había hecho con las puntas de la toalla y descubrió al murciélago, que se la quedó mirando con ojillos pequeños y brillantes.

—Puedes hacer algo, ¿verdad? —dijo Dani, inclinándose sobre el murciélago.

—No lo sé... Lo único que hice fue meter al pájaro en una caja oscura y llevarlo a la protectora de animales. Y los pájaros no contagian la rabia.

—¡Pero, mamáaa...!

Ella lo miró. Dani intentó poner cara de triste y solidario y esperanzado, que era una expresión que de vez en cuando funcionaba con su madre.

Ella gruñó una vez con fuerza, y una nube de vapor cálido salió de sus fosas nasales.

—No me pongas esa cara.

Su madre miró la pequeña cara aplastada del murciélago; parecía una gárgola del tamaño de un ratón. Era uno de esos rostros que solo una madre puede amar.

Suspiró. Dani sabía por larga experiencia que ese suspiro en particular era de rendición.

—Vale... Yo no sé mucho sobre murciélagos, pero conozco a alguien que sí.

—¿Quién? —preguntó Dani.

—Tu primo Esteban. Es una especie de investigador de murciélagos en México. Si encuentras una caja de cartón donde poner a tu amiguito, le llamaré.

—¡Gracias, mamá! —Dani se dio la vuelta para salir disparado, hizo una pausa, se aseguró de que Vicente no miraba y dio un abrazo rápido a su madre—. ¡Eres la mejor!

—Una pardilla es lo que soy —susurró ella, pero sonrió igualmente.

Cuando Dani y Vicente volvieron con una caja de

cartón, la señora Bocafuego estaba al teléfono, y la conversación era una de esas entre adultos en las que parece que solo uno de los dos habla, por lo que resultaba muy frustrante intentar enterarse de qué iba:

—Ajá... Bien... Sí. ¿Seguro que no es problema?... Ajá...

Dani y Vicente esperaron impacientes mientras ella apuntaba algo en un bloc de notas. Dani asomó la cabeza por encima de la mesa para ver qué estaba escribiendo. Decía «funda de almohada» y «Estación de Ala Ancha, México»; parecía que se había quedado sin nada más que escribir, y ahora estaba dibujando flores y caricaturas de gallinas por toda la hoja.

—Gracias, Esteban —dijo finalmente—. Significará mucho para ellos. Ya hablaremos.

Colgó el teléfono.

—Vale. Esteban dice que le llevéis el murciélago y verá qué puede hacer. —Frunció el ceño al murciélago, envuelto en la toalla—. Y se supone que tenemos que meterlo en

FUNDA DE
ALMOHADA

ESTACIÓN DE
ALA ANCHA,
MÉXICO

una funda de almohada, no en una caja, para que tenga algo donde agarrarse.

Dani corrió a por una funda de almohada. Cuando volvió, su madre estaba contando monedas sobre la mesa.

—Es un largo viaje en autobús. Casi dos horas. Esteban dice que os podéis quedar a dormir, así que aseguraos de que lleváis los cepillos de dientes.

SEÑORA BOCAFUEGO, ¿NO LE RESULTA UN POCO RARO QUE VAYAMOS A MÉXICO EN AUTOBÚS?

TENEMOS BUENOS TRANSPORTES. ¿POR QUÉ?

La madre de Dani les dijo adiós con la mano.

—Y no le montéis ningún lío al primo Esteban. Está muy ocupado con su investigación.

—Sí, mamá...

—¡Y que no os muerda ningún murciélago!

ES UNA JUNGLA AHÍ FUERA

Alguna extraña magia hacía que el autobús llegase a lugares como el Japón mítico o el mar de los Sargazos. Aun así, fue un largo viaje.

Hicieron transbordo dos veces, una en la terminal del centro comercial y otra en un lugar donde Vicente no había estado nunca y que era muy polvoriento y estaba lleno de gallinas. De repente había aparecido alguien que se había puesto a tocarles música mariachi, aunque se largó en cuanto Dani empezó a cantar con él.

Pasaron el tiempo leyendo cómics. Vicente había llevado el último número de *El imperio de las plumas*,

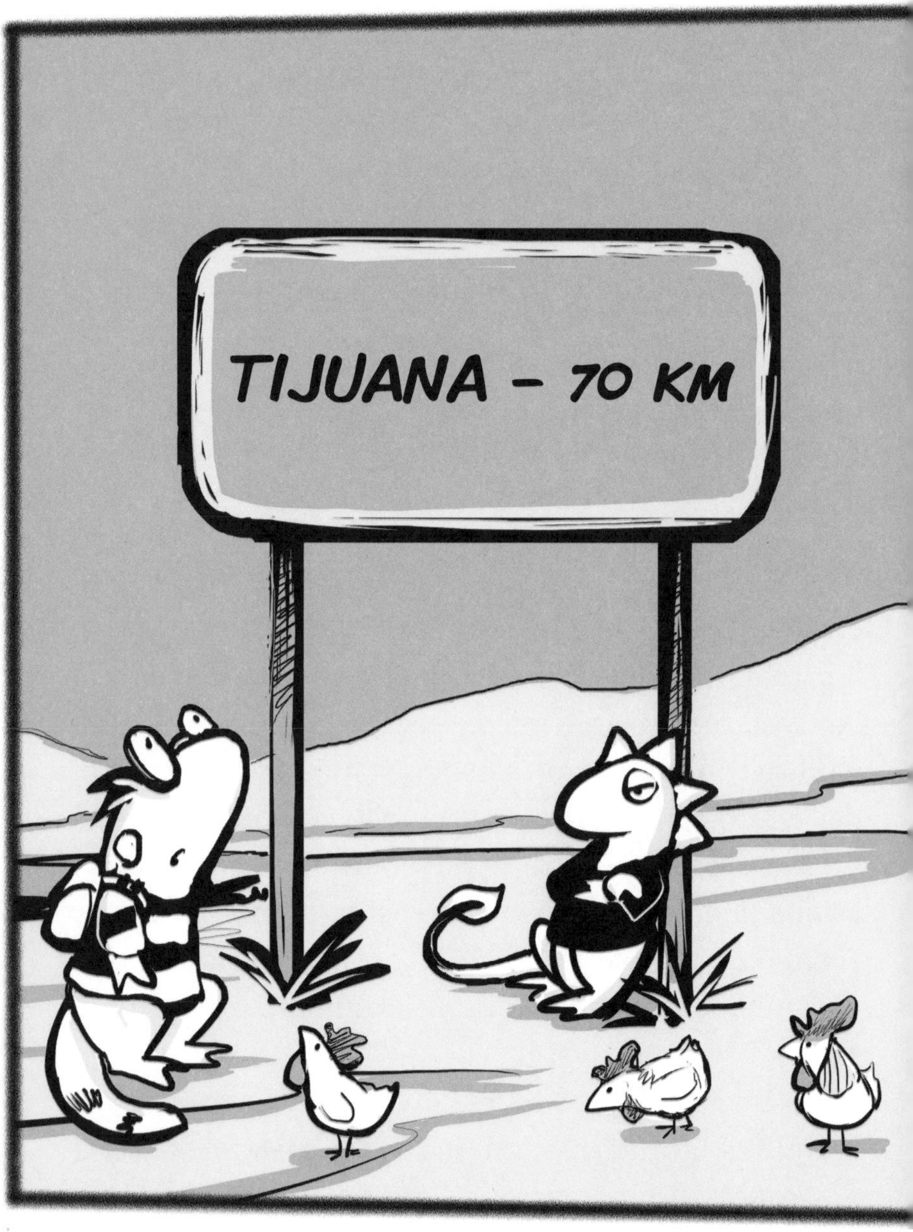
TIJUANA - 70 KM

y Dani leía *El samurai unicelular*, que trataba de un heroico glóbulo rojo que, tras ser mordido por una bacteria radiactiva, viajaba por el mundo luchando contra monstruos y haciendo el bien.

Por fin, el autobús salió de la polvorienta carretera y se metió en un camino de gravilla aún más polvoriento, y después en un camino que era puro polvo, rodeado de densa vegetación por todas partes. Parecía una jungla y era mucho más verde que los parques del barrio de Vicente. El autobús se detuvo.

—Estación de Ala Ancha —anunció el conductor.

Dani guardó su cómic en la mochila, cogió la funda de almohada con el murciélago dentro y saltó del autobús. Vicente lo siguió.

La humedad los golpeó como si fuera una pared. Hacía un calor agobiante: hasta entonces no habían sabido el verdadero significado de «calor», y tampoco de «agobiante». Vicente se sintió como si estuviera vestido debajo de una ducha.

NO, ES COMO CAMINAR POR UN SOBACO GIGANTE.

¡PUAAAJ!

De nuevo en marcha, el zumbido de insectos se fue haciendo más y más fuerte a medida que avanzaban. Una cigarra del tamaño del brazo de Vicente los miró desde una rama alta e hizo sonar las alas.

—Se supone que el primo Esteban vendrá a recogernos aquí —dijo Dani—. ¡Caramba! ¿Te imaginas lo que debe de ser trabajar aquí? ¡Es genial!

—Es... insectástico —dijo Vicente, que le dio un golpe a un bicho que se había posado en su brazo—. ¡Ayyy! ¡Me ha picado!

SOLO ES UN MOSQUITO...

¿Y SI TENÍA MALARIA, O LA ENFERMEDAD DEL SUEÑO, O LA ÚLCERA DE BURULI? ¡NO ME HE VACUNADO!

¡LÁSTIMA QUE ESTEMOS DE VACACIONES! ¡TE HUBIERAS LIBRADO DEL COLE DURANTE UN MES!

—Podría ser malaria —dijo una voz tras ellos—, pero la enfermedad del sueño es africana. ¿Y dónde has oído hablar tú de la úlcera de Buruli?

—Leo mucho —dijo Vicente, a la defensiva—. ¡Y es una enfermedad horrible! ¡Te sale una pupa en el hombro y después se te cae el brazo!

A Dani, eso le sonaba genial. Bueno, quizás la parte donde se te cae el brazo no tanto, pero...

—¡Y si la pupa te sale en el cuello, se te cae la cabeza!

—¡Guay! —dijo Dani.

—En realidad, eso no es muy probable... —dijo el recién llegado.

Otro mosquito sobrevoló alrededor de Vicente, que se echó a gritar y agitó los brazos por encima de su cabeza.

—Ignóralo —dijo Dani—. Vicente está un poco paranoico desde que, hace un tiempo, contrajo la licon... lincantro... la enfermedad de los hombres lobo. ¡Tú debes de ser mi primo Esteban!

No era como ningún otro dragón que Vicente hubiese visto. Y, tras varios años como mejor amigo de

Dani, había visto unos cuantos. Para empezar, no era mucho más alto que él mismo. En vez de pinchos, su penacho estaba hecho de plumas de colores.

—Y tú debes de ser Dani. —Esteban sonrió—. ¿Ese de la funda de almohada es el paciente?

—¡Ah, sí! —Dani le pasó la funda. Esteban negó con las manos.

—No, no. Quedáoslo vosotros, al menos hasta que estemos en el bote.

—¿Vamos a ir en bote? —preguntó Vicente.

—Por supuesto —dijo Esteban—. Mi centro de investigación está río arriba.

Se adentraron en la maleza, siguiendo a Esteban. Vicente lo hubiera discutido, pero ahora los mosquitos atacaban a lo bestia, como un escuadrón de jeringas hipodérmicas voladoras. Iba a contraer una horrible enfermedad. Quizás más de una. Se le iban a caer los brazos. ¡Podían empezar a caérsele ahora mismo!

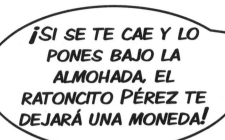

¡SI SE TE CAE Y LO PONES BAJO LA ALMOHADA, EL RATONCITO PÉREZ TE DEJARÁ UNA MONEDA!

¡Y, SI CONSERVA TODOS LOS DEDOS, TE DEJA CINCO MONEDAS!

Vicente dudó un momento qué era peor: la posibilidad de que se le cayeran los brazos, o el hecho de que Esteban y Dani tenían un sentido del humor muy parecido.

—En el centro tengo un espray para picaduras —dijo Esteban, que se apiadó de Vicente—. Si consigues que no se te caiga el brazo antes de llegar, seguro que encontramos la manera de que los mosquitos no se te acerquen.

—¡Venga! —dijo Dani. Vicente suspiró y se encogió sobre sí mismo tanto como pudo, para mostrar el objetivo más pequeño posible a los insectos.

Caminaron detrás de Esteban. La verde pared de la jungla se cerró tras ellos.

El viaje río arriba hasta el centro de investigación de Esteban fue caluroso, húmedo y terrorífico.

El bote estaba bastante hundido en el agua, y ocasionalmente esta entraba por los lados. Además, era de goma, lo que a Vicente le parecía muy poco seguro: ¿no estaba el río lleno de rocas puntiagudas? ¿No podrían las pirañas morder la goma? ¿Por qué los documentales de la tele se preocupaban tanto de lo rápido que las pirañas pueden limpiar el esqueleto de una vaca, cuando estaba tan claro que lo importante era lo rápido que podían atravesar la goma de un bote?

También había lianas que colgaban a muy poca altura del agua y les acariciaban el cogote. Podría haber cualquier clase de bicho en ellas. O podrían no ser lianas sino serpientes. Y no de esas serpientes civilizadas, como sus vecinos los señores Escama, o su profe de lengua, la señora Bifurcada, sino verdaderas serpientes salvajes y primitivas, incapaces de hablar o pensar o llevar ropa, pero que devoraban a sus presas de un mordisco. ¡Animales!

Esas eran las partes terroríficas.

Pero hasta Vicente tuvo que admitirlo: las partes alucinantes eran una pasada de verdad. La jungla llegaba hasta las mismas orillas del río, y había pájaros de colores increíblemente brillantes saltando por las ramas de los árboles, con unos colores que Vicente solo había visto en las cajas de rotuladores. Esteban sabía los nombres de la mayoría de ellos. Una cabeza grande como un puño emergió del agua, dejando un rastro en forma de uve; resultó ser una nutria gigante, que los miró con sus pensativos ojos negros antes de volver a sumergirse.

Y lo mejor de todo fue cuando, tras una curva, Esteban apagó el motor, dijo «¡Mirad!» y les señaló una familia de animales con trompa que habían ido a la orilla a beber y gruñían sin parar.

—¿Qué son? —preguntó Dani, maravillado.

—¡Tapires! —dijo Vicente.

Esteban asintió.

—Se les llama tapires centroamericanos. Están en peligro de extinción, aunque hay bastantes por aquí. —Esperó hasta que acabaron de beber y desaparecieron entre la espesura antes de volver a encender el motor—. Los nativos los llaman *cash-i-tzimin*, «caballos de la jungla». ¡Me alegro mucho de que los hayamos visto!

Así era Esteban. Vicente tuvo que admitir que el primo de Dani era... bueno... *guay*. Se emocionaba con las cosas, no como otros adultos. Señalaba pájaros con la ilusión con que un niño intercambia cromos de fútbol y estaba tan maravillado con la nutria y los tapires como Dani y Vicente.

Y, además, antes de subir al bote, había ido abriendo el paso por entre la maleza con un machete. Y había dejado a Dani que lo probara. No es que Vicente se sintiera muy cómodo con la idea de dar objetos afilados a Dani, pero aun así era... guay.

Los padres de Dani eran de lo más liberales, pero hasta ellos tenían una política muy restrictiva respecto a los objetos cortantes, especialmente después del incidente de la guillotina y el rastro de muñecos descabezados.*

—¿Hay muchos animales en peligro de extinción por aquí? —preguntó Dani.

Esteban puso cara seria y se mostró como un adulto por vez primera desde que lo habían conocido.

—Hay días en que parece que todos estén en peligro de extinción. Yo intento ir añadiendo más a la lista de animales en peligro, pero es un proceso lento.

—¿Añadir más?

—Mis murciélagos —explicó Esteban—. Hay una gran cueva llena de ellos que estoy intentando proteger. Me da miedo que alguien entre y le dé por buscar oro o algo así y empiece a destruirla con dinamita. Hay mucha actividad minera por aquí.

*El Superlagarto de Vicente (¡ahora con soga de la muerte y auténtica mano de karateca) nunca volvió a ser el mismo tras ser descabezado, aunque, a fin de cuentas, a Vicente nunca le había gustado la expresión de su cara.

NO CREO QUE LA DINAMITA SEA BUENA PARA LOS MURCIÉLAGOS.

NO, EN GENERAL NO LO ES.

¿Y NO PUEDEN LARGARSE VOLANDO?

—Bueno, algunos podrían, si la explosión no los matara. ¡Pero es una cueva muy grande! Los murciélagos han estado anidando y criando sus crías allí desde hace miles de años. Y no es justo destrozarles su hogar solo para encontrar un poco de oro, o bauxita, o lo que sea que busquen los mineros.

Dani consideró el tema. Desde luego, a él no le gustaría que ningún buscador de oro hiciese explotar su habitación. Es cierto que una vez había cavado en el jardín trasero de casa en busca de un tesoro pirata, pero lo único que había encontrado era algo llamado fosa séptica, y todo el asunto acabó bastante mal.*

—¡Pobres murciélagos! —dijo—. ¿Cómo podemos ayudarlos?

Esteban miró a un trozo de cielo abierto entre los árboles.

—Bueno, ahí está el problema. Son especies de lo más común, así que no puedo demostrar que haya ninguna razón para salvar la cueva.

*Dani fue castigado durante un mes, y la familia tuvo que pasar tres días en un hotel hasta que desapareció el mal olor en casa. Aprendió una buena lección de aquella experiencia: cavar en busca de oro no era buena idea.

—¡La selva es muy grande! —Esteban agitó los brazos en el aire—. ¡Está llena de cosas que nadie ha visto nunca! Hay insectos y pájaros de los que la ciencia nunca ha oído hablar, porque nunca ha habido nadie que haya atrapado uno y lo haya descrito.

—¡Qué pasada!

Dani se preguntó cómo sería descubrir un nuevo insecto. Podría ponerle su nombre. O el de Vicente. O quizás el de su madre... Sí, eso era buena idea, especialmente si el bicho era una mariposa o algo así. Nunca está de más hacer un poco la rosca; así, la próxima vez que se metiera en un lío, su madre pensaría en que tenía su propia mariposa y, en vez de castigarlo, lo dejaría ir con apenas una advertencia.

TENGO QUE ENCONTRAR UNA MARIPOSA...

Pero tendría que ser una bonita. Un parásito masticador y asqueroso, por muy interesante que fuera, no serviría. Su madre era bastante enrollada para ser una madre, pero, según la experiencia de Dani, pocas chicas saben apreciar un buen bicho.

—En todo caso —dijo Esteban—, si consigo encontrar una nueva especie, el Gobierno tendrá que proteger la cueva para que sea estudiada. Así que eso es lo que estoy buscando por aquí.

Un insecto del tamaño de una mano se posó en la proa del bote y se quedó mirando a Vicente, que hizo lo propio.

No parecía que pudiera picarlo, pero Vicente no es-

taba dispuesto a correr riesgos. Posiblemente pudiera morder, o escupir, o hacer comentarios desagradables.

—Lárgate —le dijo al bicho.

Este lo ignoró. Vicente se fue hacia la popa del bote y puso la cola bien firme para asegurarse de no perder el equilibrio y acabar en el agua.

Por suerte, el centro de investigación de Esteban apareció en el paisaje antes de que el insecto gigante pudiera atacar. Esteban se bajó, tiró del bote hasta la orilla y apagó el motor.

—¡Aquí estamos: el centro de Ala Ancha! ¡Adelante!

—¿Hay murciélagos ahí? —preguntó Dani, agarrando fuerte la funda de almohada con su pasajero.

—Muchos —dijo Esteban—. De todas clases. ¡Venga, que os presento a algunos de mis preferidos!

Vicente pasó rozando el insecto amenazador de la proa y saltó al muelle. Sopesó las posibilidades de la rabia contra la de cualquier enfermedad tropical que pudiesen contagiar los insectos y tragó saliva. Siguió a Dani y Esteban hasta el caminito de entrada a la casa.

MURCIÉLAGOS EN EL CENTRO

El interior del centro de investigación de Esteban tenía las luces bajas y estaba repleto a rebosar. Había
papeles sobre todas las superficies posibles, forman-
do columnas que en algún momento se habían caído
hacia un lado y ahora parecían pequeños toboganes.
Encima de esas pilas, Esteban tenía sus recipientes y
bandejas. En algunos de los re-
cipientes decía «gusanos para
comer»; Vicente decidió no
preguntar por ellos.

Las paredes estaban
llenas de grandes jaulas
metálicas con formas os-

GUSANOS PARA
COMER

curas que colgaban de sus techos. También había un corcho lleno de ganchos, de los que colgaban varias fundas de almohada; algunas de ellas se movían.

—Bueno —dijo Esteban mientras dejaba un espacio libre en una mesa de madera sencilla pero amplia—, veamos al paciente.

Dani dejó la funda sobre la mesa con mucho cuidado. Esteban se puso un par de guantes y retiró la tela, mostrando al pobre murciélago oscuro.

—¿Y bien? —preguntó Dani.

—Es un gran murciélago marrón —dijo Esteban, extendiendo con cuidado una de las alas del animal. Este no se resistió. Hasta donde podía verse en su rostro no muy expresivo, Vicente hubiera jurado que el murciélago estaba enfurruñado.

—Pues no parece muy grande...

—No, no; ese es el nombre de la especie. Hay... bueno... zorros voladores, murciélagos de cola libre, vampiros falsos... Este es un gran murciélago marrón.

Hay pequeños murciélagos marrones que son aún más pequeños.

—¿Qué le pasa en las alas? —preguntó Dani—. Tiene un agujero...

Esteban asintió.

—Parece que están bien. Creo que no tiene nada roto. Quizás tenga ese agujero desde hace tiempo, pero acabará cerrándose solo.

Con mucho cuidado, cogió el murciélago con sus manos enguantadas y le dio la vuelta. Este debió de hartarse de tanto movimiento, porque mordió el guante con sus pequeños colmillos.

Vicente casi cayó al suelo del susto. Dani dijo:

—¡Mola!

—Es por cosas así que llevo guantes —murmuró Esteban. Examinó al animal con mucho cuidado y después volvió a cubrirlo con la funda de almohada. Le costó un rato que soltase su presa—. Venga, chico, no querrás romperte los dientes mordiéndome...

El murciélago emitió un furioso ruido como de estática. Esteban sonrió.

—¿Qué significa eso? —preguntó Dani.

—Está muy enfadado —dijo Esteban. Anudó la tela por arriba y llevó el hatillo hasta el corcho con los ganchos—. Vosotros también lo estaríais si hubieseis estado a punto de ahogaros y después os hubieran metido dentro de un saco durante horas y un monstruo gigante os toquetease las alas. Lo único malo que le pasa es que está mojado y cansado y ha tenido un mal día. Esta noche le daré una buena cena; mañana podéis devolverlo a casa y soltarlo.

SÍ. HA SIDO UNA SUERTE QUE LO SALVASEIS DE AHOGARSE

MUCHOS MURCIÉLAGOS QUEDAN ATRAPADOS EN PISCINAS Y NO PUEDEN SALIR.

—¿Y esto qué es? —quiso saber Vicente.

Esteban y Dani se volvieron. La iguana estaba mirando un objeto que parecía una mezcla entre un instrumento musical y algo que sirviese para cortar queso.

—¡Ah, eso! —Esteban tocó una de las pequeñas cuerdas—. Es una trampa de arpa. Los murciélagos entran volando, se ponen de lado para evitar la primera fila de cuerdas, quedan atrapados contra la segunda hilera y caen abajo.

—¿Y eso les hace daño? —preguntó Vicente. Vale que los murciélagos muerden, pero son tan pequeños que parecía cruel hacerlos caer del aire de esa manera.

—Para nada —le aseguró Esteban—. Bueno, no creo que disfruten mucho que digamos, pero no los hiere. Yo así puedo contar

cuántos hay y de qué especies son, ponerles una etiqueta y dejarlos ir. ¡Te prometo que lo que intento es salvar a los murciélagos, no darles sustos de muerte!

Cogió una de las otras fundas de almohada.

—¿Queréis ver algunos?

—¡Claro!

Esteban dejó la funda sobre la mesa y retiró la tela, mostrando unas cuantas pequeñas bolas de pelo blanco.

—Son murciélagos blancos de Honduras. Construyen pequeñas tiendas con hojas y se cuelgan dentro.

Los animales eran increíblemente encantadores. Tras haber visto lo feo que era su murciélago, Dani había pensado que todos serían como pequeñas gárgolas, pero estos parecían un cruce entre un cochinillo y una polvera.

—¡Son adorables! —dijo Dani.

—Sí —sonrió Esteban—. Aunque este no lo es...

Abrió una de las jaulas y metió dentro su mano enguantada.

—¿Bebe sangre? —preguntó Vicente, que se había puesto detrás de Dani por si acaso.

—Qué va —dijo Esteban, acariciando la fea cabeza del animal—. Solo come fruta. En realidad, estos murciélagos se portan muy bien. Y, encima, los pobres están en peligro de extinción.

A Vicente le costaba sentir lástima por un bicho que tenía una cara semejante al culo de un cangrejo, pero a Esteban parecía caerle bien; de hecho, no podía evitar sonreír mientras le decía: «¿Quién es un buen murcielaguiiiito? ¡Tú, tú eres un buen murcielaguito!»... igual que la abuela de Vicente hablaba a su caniche.

A Vicente se le ocurrió que quizás Esteban llevaba demasiado tiempo viviendo en la jungla.

—¿Tienes vampiros? —preguntó Dani—. ¿Les das sangre de comer?

—No, no tengo vampiros. —Esteban volvió a cubrir el murciélago tras un último arrumaco—. Por aquí es difícil conservar sangre; no veas cómo queda el comedero de perdido, y hay que mezclar la sangre con un potingue espeso para que no se seque...

Dani resopló al ver cómo su amigo fardaba de vocabulario.

—En realidad, los vampiros son de lo más inofensivo. Básicamente se alimentan de las vacas, y estas ni se enteran. Son como mosquitos grandes. Y los murciélagos tienen que pesar muy poco para poder volar, ¿sabéis?

—Claro —dijo Dani, que ya había notado que el suyo apenas pesaba nada. Vicente asintió.

—Esto es un poco guarro pero muy guapo: los vampiros son muy pequeños y la sangre es casi toda agua, así que tienen que ponerse a mear a los dos minutos de comer, para quitarse de encima el exceso de fluidos. O sea, que la sangre entra por un lado y sale por el otro. Es todo muy eficiente. Si no lo hiciesen así, pesarían demasiado y no podrían volar.

—¡Qué asco! —dijo Dani, encantado.

—Ojalá hubiese sabido eso para mi redacción... —murmuró Vicente.

—Así que no tengo ningún vampiro. Tendría que pasarme el día limpiando. —Esteban fue hacia la última jaula—. Y, además, estos otros dan mucho más miedo...

Sacó otro murciélago, enorme. Sus alas eran casi tan largas como los brazos de Vicente, y tenía un morro muy fino con un pedacito de carne en la punta.

—¿Y qué come? —preguntó Dani, muy impresionado.

—Otros murciélagos —dijo Esteban, sonriente.

—¿¡Es un caníbal!? —preguntó Vicente.

Dani supo inmediatamente qué querría ese año de regalo de Reyes.

—También come pájaros. Se lanza sobre ellos desde lo alto de un árbol y les muerde la cabeza. Los indios zapotecos, que vivían por aquí, adoraban a un vampiro falso; era su dios —dijo Esteban—. Lo llamaban Camazotz, señor de los murciélagos.

El animal parecía querer poner cara de malo malísimo.

—Ya me imagino por qué —dijo Vicente.

—Era el dios de la noche, la muerte y el fuego —dijo Esteban—. Los zapotecos mataban prisioneros como ofrendas para él.

—¿Te refieres a gente?

—Sí —dijo Esteban—. A veces creaban guerras falsas solo para conseguir prisioneros que sacrificar a Camazotz.

Estaban volvió a meter el vampiro falso en su jaula.

—Hay quienes creen que adoraban a un verdadero murciélago gigante. Si es que alguna vez ha existido, seguramente se habrá extinguido.

Vicente pensó en murciélagos gigantes volando por ahí y zampándose a otros murciélagos —y probablemente también a pequeñas iguanas— y se dijo que, en este caso, eso de la extinción quizás no fuera tan malo.

—Me encantaría encontrar uno de esos —dijo Esteban, un poco melancólico—. Así declararían a mi cueva zona protegida.

—¿Y dónde está tu cueva? —preguntó Dani.

—¡Oh! —Esteban miró el reloj—. Se está haciendo tarde. Pronto van a despertarse los murciélagos. ¿Queréis ver la cueva?

—¡Sí! —dijo Dani.

—Ejem —dijo Vicente.

¡VENGA YA, VICENTE! ¡EN CASA NUNCA PODRÍAMOS VER UNA VERDADERA CUEVA DE MURCIÉLAGOS!

Esteban rebuscó por debajo de una mesa y le dio a Vicente una lata de espray contra insectos.

—También necesitaréis botas de lluvia —dijo.

—¿Botas? —preguntó Vicente con un hilo de voz.

—El suelo de una cueva de murciélagos es... es... —Esteban agitó los brazos en el aire—. En fin, ya lo veréis. Creo que me quedan botas de los últimos estudiantes que vinieron a ayudarme.

Y así, apropiadamente vestidos y chorreando insecticida, el trío salió y se adentró en la oscura jungla.

BICHOS Y MÁS BICHOS

Allí, lejos de los caminos, la jungla era aún más densa. No se parecía a nada que Dani o Vicente hubiesen visto antes.

Dani estaba acostumbrado a los bosques normales, donde los árboles crecían hacia arriba y hacia abajo y había un poco de plantas y arbustos. Uno no podía meterse entre los arbustos, pero en general era como caminar por una sala llena de columnas, con un lejano techo de color verde.

La selva era como una pared verde. Cada centímetro cuadrado estaba repleto a reventar de hojas y lianas y enredaderas. No había caminos ni espacios libres. Era un verde macizo e inacabable.

Esteban cortó ramas y hojas con su machete y fue abriendo un camino. Lo que daba más miedo es ver de qué poco parecía servir eso: era un cuchillo enorme, él lo subía y bajaba en grandes golpes, y aun así, cuando Vicente volvió la cabeza y miró atrás, pareció que el camino se cerraba de nuevo ante sus ojos. La iguana casi podía ver cómo iba creciendo la jungla. Ya no le importaban tanto los insectos y sus enfermedades: si se quedaba parado el tiempo suficiente, ¿empezarían a subirle enredaderas por los tobillos y a salirle orquídeas por entre las escamas?

—¿Vienes muy a menudo por aquí? —preguntó.

—Todas las... noches... —dijo Esteban, recuperando el aliento.

—¿Y tienes que hacer esto cada vez?

—Sí.

Les llevó unos veinte minutos atravesar la jungla, y
después salieron a un terreno rocoso. Incluso las rocas
estaban cubiertas de verde, pero los grandes árboles
no parecían poder echar raíces allí. Más allá del valle
había otra pared verde, de la cual salía un nuevo terreno de roca, y por debajo de este estaba todo oscuro.
Y de la oscuridad iban saliendo murciélagos, que volaban en lentas espirales.

Había cientos de murciélagos, quizás miles, y seguían saliendo más y más de la cueva, como una nube de humo. Dani no hubiera creído que existieran tantos murciélagos en el mundo entero.

Hasta Vicente, que había escrito un trabajo sobre estos animales, tenía que admitir la gran diferencia entre leer que en una cueva podían vivir más de un millón de ellos y verlo en directo, un cielo repleto de alas en movimiento.

—Es como en el parque de atracciones —dijo Dani—. Cuando miras abajo desde lo más alto de las montañas rusas, parece que haya gente pequeñita por todas partes, montones y montones. Excepto que ahora son murciélagos, no gente... pero ya me entendéis.

Vicente asintió. No era exactamente igual, pero era lo más parecido que se le ocurría. Había un sinnúmero de ellos. Nunca había visto tanto de nada en ningún otro lugar.

Empezaba a oscurecer y la salida de murciélagos no parecía tener la menor intención de detenerse. Esteban sacó una linterna y dijo:

—Venga, vamos hacia la cueva. Esta noche no ten-

go que poner trampas, así que no nos llevará mucho rato.

Bajaron por el borde rocoso.

Cuando llegaron a la boca de la cueva, esta era mucho más grande de lo que Vicente esperaba. Los murciélagos estaban entre tres y seis metros por encima de ellos, circulando como un río y sin prestar la menor atención a los tres reptiles que tenían debajo.

YA... HUM... HEMOS LLEGADO...

¡PUAJJJ!

Apestaba.

Apestaba más que nada que hubiera olido Vicente, incluso mucho más que las cloacas en las que había estado con Dani y que hasta entonces eran una cumbre de la pestilencia que él había esperado no volver a encontrar. El olor era penetrante y hacía que le llorasen los ojos, se metía por la nariz y por la boca y le quemaba los ojos y los lagrimales y el paladar. Era como un queso pasado, empapado en orina de gato, envuelto en calcetines de gimnasia y metido en una olla con col hervida.

—Al final te acostumbras —dijo Esteban, sin ninguna convicción.

A Vicente no se le ocurría nada que desease menos. Era una peste épica. Si podía acostumbrarse a ella, seguramente no podría volver a oler nada nunca más. Si alguna vez llegaba el fin del mundo, seguramente olería así.

—Hay cuevas en las que no puedes entrar demasiado, de lo enrarecido que está el aire —dijo el científico—. Aquí no es tan malo; en fin, que al menos no acabaremos muertos.

SOLO DESEAREMOS ESTAR MUERTOS...

—¿Listos para seguir? —Esteban iluminó la cueva con la linterna—. De verdad que vale la pena. Bueno, en realidad es bastante desagradable y da miedo, pero...

Pocas cosas habrían hecho que Dani quisiese adentrarse en ese olor, pero la descripción de Esteban lo consiguió. Vicente lo siguió, en parte por curiosidad, pero más que nada porque la única luz que tenían iba en esa dirección, y le parecía aún peor quedarse parado en medio de aquella oscuridad asquerosa y rodeado por montones de selva invisible.

El suelo se fue volviendo extrañamente crujiente. Vicente intentó mirar sobre qué estaban caminando, pero la luz de la linterna se movía demasiado de un lado a otro.

—¿Qué hay en el suelo? —quiso saber Dani.

—La razón por la que os he hecho llevar botas —dijo Esteban, y dirigió la linterna hacia abajo.

El suelo estaba vivo.

Estaba lleno de vida. Cosas que se arrastraban, y grandes escarabajos oscuros que caminaban por encima de ellas. Dani había visto una vez una bolsa de basura abierta en la calle un día de verano, y tenía al-

gunos puntos llenos de bichos. Pero este era un punto del tamaño de un aparcamiento.

Vicente se había llevado las dos manos a la boca para evitar que se le saliera el estómago.

—Los llaman escarabajos del guano —dijo Esteban—. Se comen toda la caca de murciélago que cae del techo. Y, como hay un par de millones de murciélagos, eso es mucha, mucha caca.

VOY A VOMITAR...

TAMBIÉN SE LO COMERÍAN.

—En realidad son buenos. O sea, es asqueroso, ya lo sé, pero, si no fuera por ellos, la caca llegaría por encima de nuestras cabezas. En realidad son los responsables de mantener la cueva limpia.

¿Y QUÉ SON ESOS GRANDES Y NEGROS?

ESCARABAJOS DERMÉSTIDOS. COMEN CARNE. SE ENCARGAN DE LOS MURCIÉLAGOS QUE CAEN DEL TECHO. Y NOS COMERÍAN LOS PIES SI NO LLEVÁSEMOS BOTAS.

...

¿¡POR QUÉ TODO EN ESTA SELVA QUIERE COMERSE UN TROZO DE MÍ!?

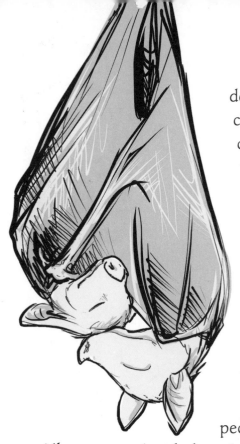

Esteban apartó la linterna del suelo y la dirigió al techo. También estaba vivo, cubierto con los cuerpos peludos de los murciélagos. Colgaban con las patas agarradas a las rocas y agitaban sus alas como de cuero. Algunos estaban inmóviles y parecían dormir, mientras que otros se lanzaban al aire y volaban hacia la entrada de la cueva.

Después del horrible espectáculo del suelo, los murciélagos parecían de lo más amistoso. Algunos estaban muy juntos, envolviéndose unos a otros con las alas, y otros parecían peinarse felizmente las orejas.

—Aquí hay un par de especies distintas —dijo Esteban—. He estado recogiendo muestras de... Vaya, qué raro.

—¿Raro? —preguntó Dani.

—Los murciélagos están volviendo a la cueva —dijo Esteban, confuso—. Normalmente no lo hacen hasta el amanecer.

Señaló hacia arriba y, en efecto, los animales daban vueltas en círculo y se posaban en las paredes.

¡O QUIZÁS DEBERÍAMOS LARGARNOS!

—Sí... —dijo Esteban—. Sí, salgamos de la cueva...

Empezó a caminar hacia la entrada, aún con la cabeza levantada y mirando arriba, doblando el cuello.

—Algo los está asustando. Igual hay una lechuza o algún otro predador fuera...

El aire húmedo de la jungla olía maravillosamente. Vicente respiró hondo, se le metió un insecto por la boca y se puso a toser.

—¿Oís eso? —dijo Esteban.

—Creo que se acaba de tragar un bicho —dijo Dani, donde golpecitos en la espalda de la iguana.

—No, no me refiero a

Vicente. Es como un ruido de... aplastar algo. ¿Habrá alguien talando árboles?

—¿De noche?

—Las talas ilegales son un gran problema por aquí —dijo Esteban—. La madera vale mucho dinero... Oíd, ahora el ruido es más fuerte.

Dani escuchó. Vicente se irguió para hacer lo mismo.

—Creo que está acercándose —dijo Dani.

Esteban asintió.

Vicente escuchó con todas sus fuerzas. De madrugada, había toda clase de ruidos en la jungla, loros e insectos voladores y grillos... pero sí, el ruido a que se refería Esteban iba acercándose a ellos.

Lo más curioso era que los otros ruidos de la selva parecían ir callándose a medida que el otro llegaba.

Y los árboles se movían y era como si temblasen, como si estuvieran en mitad de un vendaval muy localizado.

—Suena a algo muy grande —dijo Vicente.

—Todos los murciélagos se han ido —dijo Esteban, que parecía un poco confuso. Vicente tragó saliva. Esteban era un adulto, y se supone que los adultos nunca han de parecer confusos.

Algo se abrió paso por entre los árboles.

Lo primero que pensó Dani fue que igual sí, quizás tenía algo que ver con la tala de árboles, o quizás con la construcción, porque era enorme. No era la idea de grande que asociaba con animales, sino con grúas y orugas y maquinaria de ese tipo. Los elefantes del zoo eran grandes, pero esto era del tamaño de una casa, y no se movía como nada que él hubiera visto antes.

Cuando por fin lo divisó, pensó en un gorila del tamaño de un edificio, como King Kong; era así como se movía, con grandes hombros, brazos que golpeaban el suelo y patas traseras más pequeñas que le hacían avanzar.

Pero no era un gorila.

—Por la cola de mi abuelo —dijo Dani con voz entrecortada—. ¡Es un murciélago!

EL SECUESTRADOR DE DRAGONES

El murciélago era el animal más gigantesco que había visto Dani, al menos de tierra. Una vez había visto una ballena que era más grande, pero eso había sido en el agua. Este parecía demasiado grande para ser real. Y, desde luego, demasiado grande para moverse; es como si, cada vez que daba un paso adelante, fuera a caerse.

Daba la impresión de que se desplazaba apoyando las alas; sus pequeñas patas traseras apenas tocaban el suelo. («Pequeñas» era un término relativo: cada una era más grande que el padre de Dani).

Era difícil ver con mucho detalle a la luz de la luna, pero, cuando giró la cabeza, resultó ser casi exacta-

mente igual que el vampiro falso que les había mostrado Esteban... solo que mil veces mayor.

—Camazotz... —dijo Esteban, sin aliento.

De la boca de la cueva aún salían unos pocos murciélagos retrasados, volando en espirales. El monstruo abrió la boca como para atraparlos. Debía de estar hambriento. Los otros murciélagos se largaron.

Frustrado, el gigante levantó la cabeza y soltó un rugido muy agudo, como un chillido. Parecía imposible que aquel ruido viniera de un cuerpo de ese tamaño. Era como cuando alguien inhala helio.

Dani no pudo evitarlo: se echó a reír.

El murciélago gigante lo oyó. Bajó la cabeza, con el trozo de piel al final del morro agitándose al viento y aguzando el oído con sus orejas del tamaño de barcas. Inmediatamente, Dani dejó de reírse.

Camazotz se quedó mirando a Dani y emitió un sonido como de duda. Lo tenía cogido con una de sus patas traseras, bien fuerte pero sin hacerle daño. No tenía las garras afiladas, y sus cutículas tenían unos dos centímetros de gruesas. Tenía pelos en los dedos.

Todo el mundo decía eso de ponerse guantes para coger murciélagos, pero, por lo que se veía, eso no importaba cuando era al revés, cuando era este quien lo cogía a uno.

—¿Criiic? —intentó Dani—. Ejem, ¿no hablas cric?

La respuesta sonó como una mezcla entre rugido y silbido, o como sonaría un autobús que intentase sonar fino. Dani no sabía si eso, en el lenguaje de los murciélagos gigantes, quería decir «hola» o «voy a disfrutar devorándote con ketchup».

La tira de piel con forma de hoja que tenía en el morro era casi tan grande como el propio Dani, y sus fosas nasales parecían túneles del metro. Vio las puntas de unos dientes enormes que asomaban tras sus labios.

Eso de los dientes no le daba demasiado miedo a Dani, que tenía un montón de familiares con dentaduras gigantes. Pero aquellas fosas húmedas y cavernosas resultaban inquietantes. Hacia la mitad le colgaba un moco que era del tamaño de un perro pequeño.

El murciélago movió la cabeza, pensativo. Abrió las fauces.

«Quién me hubiera dicho que moriría así», pensó Dani. No tenía ningunas ganas de palmarla; pero, bien mirado, ser comida de un murciélago gigante legendario era una forma muy interesante de dejar este mundo.

Entonces fue lamido por una lengua del tamaño de una toalla de playa.

Camazotz emitió un sonido agudo, casi como una risita, y se volvió. Dani se agarró fuerte a la garra que lo tenía sujeto.

El murciélago monstruoso se metió por entre los árboles, llevando al dragón hacia la jungla.

En el terreno bajo la cueva, Esteban y Vicente lo miraban fijamente.

—¡Mira! —dijo Esteban—. Camina con las alas. Bueno, es lógico: es demasiado grande para volar, y las alas son mucho más fuertes, así que las usa como piernas... y las patas traseras hacen de manos. ¡Increíble!

—¡Haz algo! —gritó Vicente.

—¡Ya hago algo! ¡Estoy tomando notas!

—Ah. Hum... —Esteban se mordió el labio—. ¡Ay, caramba!

—¿Qué? ¿Qué? —preguntó Vicente.

¡LLAMA A LA POLICÍA! ¡AL EJÉRCITO! ¡A LOS MARINES!

¿Y QUÉ QUIERES QUE LES DIGA?

¿«PERDONEN, NO ME CONOCEN, PERO UN MURCIÉLAGO MONSTRUOSO SE HA LLEVADO A MI PRIMO Y NECESITO QUE MANDEN HELICÓPTEROS»?

La iguana y la serpiente emplumada se miraron el uno al otro durante un momento, y después miraron hacia la oscura selva y el rastro de árboles caídos dejado por Camazotz.

—Volvamos al centro de investigación —dijo Esteban—. Ahí hay mejores linternas, y cuerda, y hasta tengo un mapa de la zona por ahí. El murciélago ha dejado un rastro muy grande. Lo seguiremos. Al amanecer tendrá que parar de moverse para dormir.

Vicente miró desesperado la entrada a la selva. Los sonidos de insectos y otros animales que se habían detenido antes estaban volviendo a sonar.

—Rescataremos a Dani —dijo Esteban—. Lo prometo.

MAMÁ MONSTRUO MURCIÉLAGO

—Va a comerse a Dani —rezongó Vicente.

—No va a comérselo —dijo Esteban.

—Que sí, que se lo comerá —insistió Vicente—. Se lo comerá, lo cagará, y entonces vendrán escarabajos del guano grandes como coches y se lo comerán de nuevo.

Esteban se quedó mudo un momento, impresionado por lo vívido de la descripción.

—Es muy improbable. La verdad, no creo que...

—Nunca tendré otro amigo como él. Nadie querrá sentarse conmigo en el comedor del cole. El Gran Nacho me aplastará como a un guisante...

—Ya te lo he dicho: no creo que lo
haga —Esteban se enrolló una cuerda en el hombro—.
Normalmente, los murciélagos no transportan comida. Comen en el lugar donde cazan, porque transpor-
tar su presa les dificultaría mucho el vuelo. Y no se
comió a Dani ahí mismo. De hecho, por los ruidos que
hacía... No, eso es una locura...

¿QUÉ? ¿QUÉ?

BUENO, HACÍA RUIDOS PARECIDOS A LOS DE UNA MADRE MURCIÉLAGO CON SUS CRÍAS...

—¿Y él... ella.. cree que Dani es su hijo?

—Bueno, quizás. ¡Pero eso es bueno!

El escepticismo de Vicente podía cortarse con un cuchillo.

—Si cree que es su hijo, no va a comérselo. Y probablemente tampoco lo deje caer, ni lo aplaste, ni lo deje para que se lo coman los jaguares.

A Vicente ni se le había ocurrido pensar en jaguares.

VA A MORIR.

—Venga, vamos a por él —dijo Esteban—. Camazotz debe de tener un nido en alguna parte. Solo tenemos que seguir su rastro hasta allí y esperar al amanecer, cuando vuelva para dormir. Entonces podremos rescatar a Dani.

—Ah, genial —dijo Vicente—. Nosotros también vamos a morir.

Pero Dani no se sentía en peligro de muerte.

En realidad, lo que sentía era un mareo tremendo.

Desde su punto de vista, cogido por la garra del animal, cada paso que daba Camazotz era un enorme bandazo. Y en direcciones opuestas: se iba de un lado al otro, según con qué pata hiciese fuerza el monstruo. Además, de vez en cuando, este se cansaba de cargar con Dani y lo cambiaba de garra, lo que suponía ser lanzado al aire y ser apretujado de nuevo.

Nada de eso era muy bueno para el mareo de Dani.

«Es una gran aventura», se dijo a sí mismo. Había sido capturado por ranas ninja y por un calamar gigante, pero nunca por un murciélago monstruoso de la tribu de los zapotecos.

Habría disfrutado mucho más de la experiencia si no estuviese a punto de vomitar, o si tuviera la menor idea de adónde lo llevaba Camazotz.

Intentó mirar hacia dónde se dirigían, pero era todo una mancha de sombras y maleza, y esta se extendía en todas direcciones, por lo que observar resultaba de lo más difícil. Así que cerró fuertemente los ojos, sintiendo el pelo de la barriga del murciélago gigante contra su cogote, y se concentró en intentar mantener la comida dentro de su estómago.

Al principio también había intentado echar fuego. Pero su barriga había hecho un peligroso ruido como burbujeante, como amenazando con hacerle echar algo bastante más sólido que unas llamas.

Estaba tan ocupado en no vomitar que le resultó una sorpresa cuando dejaron de moverse.

Camazotz se detuvo a la orilla de un río. Parecía el mismo en el que Dani había navegado con Esteban, pero no podía estar seguro. Había salido la luna y dibujaba una gran estela blanca en el agua.

El murciélago lo dejó con mucho cuidado en la orilla, y después se agachó cuidadosamente detrás de él.

Dani se pasó la mano por la cabeza y levantó la vista para mirar a los ojos al monstruo.

—Ejem, ¿gracias por soltarme?

Camazotz dejó ir un chirrido feliz y volvió a lamerlo. Dani se estremeció.

Entonces, el murciélago gigante se quedó mirando el agua del río.

Dani se rascó el cogote.

—Hum —dijo. El murciélago lo ignoró.

¿Habría perdido el interés? ¿Y si intentaba huir? ¿Podría llegar lejos?

Seguramente no.

Quizás pudiese escurrirse poco a poco, con movimientos lentos... Después de todo, Camazotz ni se había dado cuenta de su existencia hasta que Dani había reído... Podía esconderse bajo un matorral, o algo así, y esperar a que el monstruo se fuera...

Miró de reojo al murciélago y se alejó un paso, como quien no quiere la cosa.

El monstruo siguió ignorándolo.

Probó a dar un paso más.

Con una velocidad impresionante para alguien tan grande, el murciélago metió toda la cabeza en el agua. A Dani se le escapó un ruido que, por supuesto, no sonó para nada como un chillido, y dio un salto del susto.

Camazotz volvió a sacar la cabeza. Tenía en las fauces un pez enorme, más largo que Dani era alto.

Devoró el pez tan tranquilo como Dani se hubiera zampado un MacBurger, y volvió a mirar al agua.

—Vaaale... —dijo Dani, y dio otro paso atrás. Pa-

recía que él no estaba en el menú del día, lo cual era reconfortante... aunque no mucho.

Estaba a unos tres metros del comienzo de la jungla. Tragó saliva.

Camazotz lo miró y emitió otro sonido satisfecho, que sonó como un vagón de metro intentando hacer amigos. Dani se quedó inmóvil.

¡CRIIIC!
¡CRIIIC!

Deseó que Vicente estuviera allí. En fin, su amigo habría vomitado por toda la jungla, y no podía correr tan rápido como Dani, y desde luego que le hubiera echado a él las culpas de todo... pero, al menos, el pequeño dragón no estaría solo.

Además, Vicente sabía un poco sobre murciélagos. Eso podría haberle sido útil. Esteban le habría resultado aún más útil, pero entonces Vicente estaría solo en la selva. Y, la verdad, a Dani no le hacía mucha ilusión ser rescatado de un monstruo gigante solo para descubrir que un tapir en peligro de extinción había decidido sentarse encima de Vicente.

Otro chapuzón repentino y otro pez. Pero esta vez Camazotz lo cogió con una garra, se volvió y se lo ofreció a Dani.

—Ejem –dijo éste.

Una vez había probado el sushi en un restaurante, con sus padres. Había sido una experiencia, ejem, interesante; aún no tenía ni idea de si le había gustado o no. Pero había una gran diferencia entre un pequeño cilindro

de arroz con un trocito de carne rosa en el medio y un pez muerto entero colgando sobre su cabeza.

—Ejem, no, gracias...

El murciélago volvió a agitar el pez por encima de Dani.

Este extendió los dos brazos y apartó el pez, a la vez que volvía el rostro.

Camazotz se encogió de alas, se echó el pez a la boca y volvió a meter la cabeza en el agua.

«Tengo que largarme de aquí antes de que intente darme otra cosa de comer», pensó Dani, y dio otro paso atrás en dirección a la selva.

Ya estaba a medio camino. Miró hacia los árboles. Estaba todo increíblemente oscuro y liado, pero seguro que él podría moverse por ahí dentro más rápido que Camazotz. Solo unos pocos pasos más.

Solo unos pocos...

LA GUARIDA

—¿Estás seguro de que vamos por el camino correcto? —preguntó Vicente.

—Igual de seguro que hace cinco minutos —contestó Esteban.

Camazotz había dejado un rastro de destrucción bastante evidente: solo había que seguir los árboles rotos y caídos. Pero no era un rastro recto. Serpenteaba de un lado a otro, según el murciélago hubiese visto algo interesante o apetitoso. De vez en cuando el rastro desaparecía un trecho, cuando el monstruo había saltado o se había subido a algo que no había quedado destrozado. Esteban y Vicente estuvieron veinte minutos perdidos en uno de esos trechos. Vicente no estaba convencido de que, en vez de haber encontrado por dónde seguía el camino, no hubiesen vuelto a salir por el mismo por el que habían entrado, y ahora estuviesen yendo en la dirección equivocada.

El problema es que toda la jungla parecía igual, oscura y llena de sonidos de insectos, de aves y de otros que podrían ser de jaguares o... o... de tapires comedores de iguanas o algo así. Después de todo, si un murciélago gigante llevaba años deambulando por allí sin haber sido descubierto por un investigador de murciélagos que vivía tan cerca, podría haber cualquier otra cosa misteriosa: dinosaurios prehistóricos, tribus perdidas de caníbales... Incluso cosas que no tuvieran un nombre, ya que nadie que las hubiera visto habría sobrevivido para decir nada, excepto: «¡Oh, Dios mío, me muero!».

—Vamos a seguir este camino hasta el nido de Camazotz —dijo Esteban—. Tiene que volver allí al amanecer. Entonces rescataremos a Dani.

—¿Y qué pasa si tiene más de un nido?

—Entonces lloraremos —respondió Esteban.

A Vicente no le pareció que la respuesta resultase de gran ayuda.

Siguieron caminando. El suelo estaba lleno de barro y agujeros y raíces de árboles, y Vicente se iba dando golpes en los talones contra una cosa u otra. El único consuelo que tenía era que estaba rociado con espray contra insectos de la cabeza a los pies. Estaba un poco grogui y tenía problemas para respirar, pero eso no era nada comparado con su protección total.

—No podemos estar muy lejos —dijo Esteban. A Vicente eso le sonó demasiado esperanzado y, a la vez, demasiado inseguro—. Apareció al anochecer. El nido tiene que estar cerca por narices.

Vicente estaba a punto de contestarle cuando una rama oculta entre hojas le golpeó en la cara. Tuvo que quitarse savia de la lengua.

—¡Puaaaj!

Aún intentaba sacarse de la boca el gusto a árbol cuando el camino se ensanchó de repente y empezó a parecer menos un rastro que un claro.

—¿Lo ves? —dijo Esteban—. ¡Allí!

—¿Y ahora qué hacemos? —preguntó Vicente. La cueva parecía muy grande y muy, muy oscura.

—Mirar dentro —dijo Esteban—. Y después nos esconderemos y esperaremos a que Camazotz y Dani vuelvan a casa.

A algunos kilómetros de distancia, Dani estaba deseando volver a casa, pero la suya. La forma en que Camazotz se movía por la jungla era un suplicio: combinaba las peores características del aburrimiento y las del pánico. No se atrevía a moverse hasta que Camazotz estuviese distraído, y no se atrevía a apartar los ojos del murciélago, que estaba ahí sentado mirando al agua y ocasionalmente se volvía para mirarlo a él.

Los murciélagos siempre resultan fascinantes, y Camazotz lo era aún más, dado su gigantesco tamaño. Aun así, tras una hora, Dani ya se estaba cansando de mirarlo.

Lástima que no se hubiese llevado un cómic, como quizás *El imperio de las plumas*. Estaba tan concentrado pensando en nidos asesinos que, cuando llegó su oportunidad, Dani casi se la perdió.

Camazotz había vuelto a levantar la cabeza del

agua y estaba trasegando peces. Iba empujándolos hacia dentro de su boca con una de las garras delanteras. Tenía un pez a medio devorar cuando el cerebro de Dani reaccionó: «¡Este es el momento que esperábamos; larguémonos!».

Dani pensó que correr a ciegas por la jungla era un buen comienzo, aunque le faltaba algo para ser un gran plan a largo plazo.

Si consiguiese mantenerse entre los árboles y no perder el río de vista, quizás podría seguir el cauce. Tarde o temprano llegaría al centro de investigación de Esteban, o al menos al muelle donde los había recogido.

La idea de caminar kilómetros y kilómetros por la selva de noche no era muy agradable, pero, a fin de cuentas, es lo que siempre hacen los grandes exploradores, ¿no? Y, además, estaba en México, que tenía una población de... bueno, una cantidad muy grande de gente. Su profesor, el señor Morros, le había puesto un examen sobre el tema. Por desgracia, Dani solo había sacado un suficiente. Pero la cuestión era que México es un país civilizado y, si caminaba el tiempo suficiente, seguro que iría a parar a unos grandes almacenes. Un gruñido alarmado llegó desde el río: Camazotz había notado la desaparición de Dani.

Se mordió un labio y siguió caminando, ahora casi de puntillas. Iba mirando a su izquierda, al río, para no perderlo de vista. No resultaba fácil. La visibilidad en la selva no se mide en metros, sino en centímetros.

Estaba oscuro. Muy oscuro. También había un montón de ruidos... ruidos que debían de ser de insectos, pero no sonaban como ningún bicho que él conociese, ni siquiera cuando había ido a unos campamentos de verano en lo que él había considerado «plena naturaleza».

Y entonces, el ruido de los insectos fue reemplazado por otro aún más preocupante: el de árboles derribados. Camazotz venía a por Dani.

Dani se acurrucó tras un arbusto, se cubrió la ca-

beza con los brazos e intentó hacerse invisible. Tuvo
mucha suerte. El monstruo gigante pasó tan cerca que
Dani hubiera podido tocarle un ala, pero no lo vio.
Los ruidos de árboles cayendo fueron alejándose, has-

ta ser tragados por la selva. El dragón soltó un suspiro tan profundo que pareció salir de lo más hondo de su alma. ¡Era libre!

Era libre, pero estaba perdido.

Volvió a ir hacia el río y empezó a seguir su orilla.

EL TESORO DE LA CUEVA

La guarida de Camazotz no resultó ser tan interesante como Vicente había esperado.

Quizás es que llevaba demasiado tiempo con su amigo dragón, pero, secretamente, había confiado en que el monstruo tendría un tesoro en su cueva, con un montón de oro azteca y calaveras de cristal y cuchillos de brillante obsidiana.

Lo que encontró en la cueva fue rocas. Y estas no tenían nada especial; aunque, como descubrió al tropezar, eran muy puntiagudas.

Al menos, el lugar tampoco era tan malo como se había temido. Según parecía, allí solo vivía un monstruo, e iba a hacer sus necesidades a alguna otra parte.

No pudo confirmar su sospecha de escarabajos del guano grandes como coches. El suelo estaba seco y rugoso. En un rincón había una araña que, si bien era grande y daba miedo, por lo menos lo era en una escala razonable, del tamaño al que Vicente estaba acostumbrado.

—Fascinante —dijo Esteban, apuntando con su linterna al suelo—. Esta debe de ser la cueva. Mira, ha mudado la piel.

A Vicente le costaba emocionarse mucho viendo montañitas de pelo de murciélago; sobre todo porque la araña seguía mirándolo. Y tenía un montón de ojos y aún más patas.

A Vicente se le ocurrió —y no era la primera vez— que Esteban tenía prioridades realmente extrañas.

—¿Las... las vasijas?

—Creo que son zapotecas. Deben de haberlas usado para dar de comer al murciélago, hacerle ofrendas... Son muy antiguas. ¡Vicente, es Camazotz de verdad!

—Bueno, o ha vivido una vida increíblemente larga, o es parte de una especie que se reproduce —pensó Esteban en voz alta—. Igual podemos encontrar más... Supongo que podría conseguir una beca...

Dio un paso adelante, hacia donde el fondo de la cueva se perdía en la oscuridad.

—Está claro que llevan siglos usando esta cueva. Me pregunto si habrá huesos. Un esqueleto entero sería muy práctico. O quizás haya más murciélagos...

—¡Ahora mismo no necesitamos más murciélagos gigantes! —saltó Vicente.

—Ah, claro, claro... En fin, tampoco llevo equipo como para ponerme a cavar... Bueno, vamos a ver...

Esteban enfocó la linterna hacia las paredes. La araña fue corriendo hacia una grieta en una de ellas, y Esteban puso cara de estudiar la situación.

—Hummm... Bueno, yo no cabría en esa grieta. Igual tú sí podrías... Mira, parece que se abre un poco. —Esteban iba iluminando la pared y tocándola—. Fíjate, da al exterior. Debe de haber sido parte de la entrada principal hasta que cayó una roca delante o algo así...

—¡Ni soñando me meto ahí dentro! —exclamó

Vicente—. Y además, ¿no deberíamos escondernos fuera?

—Claro, claro... —Esteban echó un último vistazo a la cueva—. Siempre podré volver más adelante...

Salieron y buscaron lugares donde esconderse por la colina, mientras la luna se iba ocultando poco a poco en el cielo.

Dani se había perdido.

Estaba cansado y triste y había pisado alguna especie de barro y había perdido en él una de sus botas. Esta no era la clase de aventura que él prefería. Idealmente, hubiera elegido una cantidad moderada de peligro, heridas menores y final rápido. Mucho mejor que esta, que se hacía larga y más larga y encima se le hundían los pies en el suelo. También idealmente, Vicente habría estado con él. Las aventuras no eran tan divertidas sin alguien que se quedase impresionado ante los actos de valentía draconiana de Dani.

Así que, cuando una enorme cabeza escamosa cayó de un árbol justo enfrente de él, dio un paso atrás, conmocionado... y de repente sonrió feliz.

—Ejem.

Era una boa constrictor. Se parecía un poco a la señora Colmillofino, la profesora de lengua, solo que era mucho más grande. Quizás hasta fuera una anaconda.

—¡SSSSSSSSS!

Se le ocurrió de repente que la anaconda no parecía estar muerta de ganas de ayudar. De hecho, parecía como molesta por algo...

Bien mirado, tampoco iba vestida, y la señora Colmillofino siempre llevaba un suéter de tubo y collares enormes. Y nunca hacía «¡Ssss!»: lo hubiera considerado un pobre uso del lenguaje. Si atrapaba a alguien pasando notitas, podía exigir «Léelo delante de toda la classsse», pero nada más.

—Ejem... ¿Hablas español?

La anaconda atacó.

Dani se sobresaltó y cayó de bruces. La serpiente gigante pasó a toda velocidad por encima de él y se golpeó la cabeza contra el tronco de un árbol.

Parecía que, a fin de cuentas, no era un ser civilizado. Quizás fuese una de esas primitivas serpientes animales.

La anaconda se dio la vuelta con expresión muy furiosa, lo que hacía destacar las escamas alrededor de su nariz.

Mientras corría hacia el río intentando huir, el único pensamiento claro de Dani —y tampoco demasiado claro— era que se alegraba de que la señora Colmillofino no estuviese allí para ver la escena.

¡PIRAÑAS O SERPIENTE, VAYA ELECCIÓN!

Dani nunca había estado tan contento de ver a un monstruoso murciélago gigante.

La serpiente se escurrió por entre los arbustos como si fuese un cordón de zapato traumatizado y desapareció. Camazotz cogió a Dani con una garra y lo levantó hasta tenerlo a la altura de los ojos.

Se puso a olisquear a Dani, y este temió que, con una inspiración del monstruo, él fuese a salir volando hasta el interior de la narizota. Tras unos cuantos «snif, snif», emitió un chillido satisfecho y le pegó a Dani otro lametón enorme en la cara. Dani refunfuñó.

En fin, mejor que estuviera feliz, en vez de enfadado por su intento de fuga. Dani decidió que huir por la selva no era tan buena idea. Había otros monstruos aparte de Camazotz. Este no parecía dispuesto a comerse a Dani —al menos por el momento— y quizás hasta volviese a la cueva de los murciélagos de Esteban o, como mínimo, a algún lugar que él reconociese.

Camazotz pasó a Dani a su otra garra y miró al cielo. Volvió a emitir un sonido, casi como si estuviese pensando, y después se puso a caminar al lado de la orilla del río, de vuelta por donde había venido.

ESPERAR Y ESPERAR

—Me pica todo —dijo Vicente.

—Y a mí —dijo Esteban—. Pero es lo que hay.

Vicente suspiró.

Estaban cerca de la cueva de Camazotz, escondidos

tras unos grandes arbustos. Era de lo más incómodo. Los arbustos tenían hojas largas, con forma de punta de flecha, que se les clavaban no importaba como se pusieran. Las puntas tenían algo como el algodón, que parecía suave pero pinchaba. Y, si no hubiesen estado envueltos en la nube de espray de Vicente, los habitantes del lugar ya se los habrían comido vivos.

Vicente podía ver de reojo a algunos de los bichos que acechaban por allí. Parecían hormigas, aunque eran más grandes que ninguna que hubiese visto antes, y movían sus mandíbulas haciendo un ruido nada amistoso.

—No debe de faltar mucho —dijo Esteban, intentando ser positivo—. Está empezando a amanecer.

Tenía razón. El cielo ya no estaba negro, sino de un color gris

oscuro, y llegaba una débil luz del horizonte, por el este.

Vicente abrió la boca para decir algo y la volvió a cerrar. Había oído un ruido. ¿Un golpe? ¿La pisada lejana de un monstruo?

Volvió a oírlo, y otra vez más; entonces estuvo seguro. Esteban lo miró; asintió, nervioso, y se llevó una garra al morro para indicarle que se mantuviera en silencio.

Siguieron esperando, sin apenas respirar, mientras el ruido se acercaba más y más, hasta que estuvo casi encima de ellos. Vicente ni se acordó de sus picores en cuanto la figura de Camazotz asomó por encima de los árboles y empezó a subir la colina.

Esteban torció el cuello para ver mejor. Vicente hizo lo propio. ¿Qué era eso? ¿Qué llevaba en una pata trasera? ¡Sí!

Vicente, excitado, le pegó un golpe en el brazo a Esteban. Este asintió vigorosamente.

Era Dani.

El murciélago gigante subía la colina en dirección a su cueva. Al llegar a la entrada se detuvo, dando la espalda a Vicente y Esteban, y plegó las alas con cuidado. Pareció empequeñecer de repente —pasó de tener el tamaño de una casa al de un camión— y se metió en su guarida.

—¿Y ahora qué? —susurró Vicente.

—Dani está en la cueva —respondió Esteban, también en un susurro—. Esperaremos a que el monstruo se quede dormido, y entonces entraremos a buscarlo...

Esperaron. El sol se elevó en el cielo, las hormigas se volvieron más inquietas y el arbusto pareció hacerse más punzante, aunque todo eso podía ser solo fruto de la imaginación de Vicente.

—¿Ahora?

—Aún no.

Era aburrido. Muy, muy aburrido. Vicente cogió una ramita y tocó con ella a una de las hormigas, que asió la otra punta con sus mandíbulas y la partió en dos. La iguana contuvo un gritito.

—Suerte del espray insecticida, ¿eh? —murmuró Esteban.

Esperaron.

—¿Ya?

—Aún no.

Por fin, cuando Vicente creía que no podría aguantar un minuto más, Esteban se puso en pie y dijo:

—Ahora. Silencio.

Subieron por la colina intentando hacer el menor ruido posible. Resultaba difícil por las grandes botas de goma, y aún más difícil para Vicente, que de natural era muy poco sutil. De haber una ramita seca en un radio de diez kilómetros, seguro que lo pisaría, y encima se caería y gritaría de dolor.

Cada vez que miraban hacia la cueva, solo podían ver la espalda peluda de Camazotz.

—Debe de dormir acostado —murmuró Esteban—. Claro; si no vuela, para

CRIC

CRAC

CREC

qué iba a colgarse del techo para dormir... Y tampoco debe de haber muchas cuevas bastante grandes para que quepa... Aun así, uno diría que...

—Qué más da —dijo Vicente—. ¿Cómo vamos a pasar por delante de ella? Esteban agitó la cola.

—No estoy... muy seguro... Llegaron a la boca de la cueva, y se quedaron mirándose el uno al otro, preocupados.

La espalda de Camazotz cubría toda la entrada. Claramente, se había acostado a dormir allí, y no había manera de pasar a menos que trepasen por encima del monstruo.

HUM.

¡NO HAY MANERA!

—Bueno —dijo Esteban—, eso no es cierto del todo. Hay otra manera...

Vicente siguió la mirada del dragón hasta la grieta infestada de arañas.

—¡Oh, no!

—Tendrás que entrar tú solo —dijo Esteban—. Pero puedes coger a Dani y salir los dos por el mismo sitio. Ten mi linterna.

—¡Ahí dentro hay arañas!

—Ahí dentro está Dani —replicó Esteban con fría lógica.

Vicente se metió un puño en la boca y mordió, aterrorizado.

—Puedes conseguirlo —dijo Esteban—. Tienes que hacerlo. Dame tus botas.

Vicente, en el fondo, sabía que era un cobarde. Y ya le parecía bien. Dani necesitaba a alguien que le dijera «Si hacemos eso vamos a morir», y de vez en cuando hasta le hacía caso. Eran grandes amigos. Tenían un método de trabajo: Dani era un inconsciente y Vicente era un llorón. Y les iba bien así.

Pero, en ese momento, lo que Dani necesitaba no era un cobarde. Necesitaba a alguien que cogiera la linterna y dijese: «Vale, lo haré».

No lo hubiera hecho por nadie más del mundo. Vale, quizás por su madre, pero ella no tenía la costumbre de quedar atrapada en guaridas de monstruos. Vicente respiró hondo, se irguió y cogió la linterna de Esteban.

VALE, LO HARÉ.

UN GRITO DE SOCORRO

Dani estaba sentado en la oscuridad, aburrido.

Por los bordes de la pelambrera de Camazotz entraba un mínimo de luz, pero no la suficiente para que pudiera ver demasiado de la cueva, salvo que era muy profunda y se perdía en la oscuridad. Cada vez que se movía parecía pisar unos objetos demasiado circulares para ser naturales, pero no era capaz de ver ninguna forma de escapar.

Habría pensado ir hacia el negro fondo de la guarida, pero tenía demasiado fresco el recuerdo del suelo lleno de escarabajos en la cueva de Esteban.

Mientras, Camazotz roncaba como una locomotora. Los ronquidos hacían eco en la cueva, y Dani apenas podía oír sus propios pensamientos.

Ya casi había decidido que lo único que podía hacer era encontrar un trozo mullido de espalda de monstruo e intentar dormir cuando la luz pareció hacerse más brillante, y oyó una voz conocida que le decía «¡Pssst!».

¿VICENTE?

Vio la cara de la iguana y la linterna. Vicente dijo:

—¡Sácame de aquí! Es demasiado pequeño y creo que me he quedado atascado y está lleno de arañas y el insecticida no funciona y una me está mirando y hay algo con muchas patas y cola y quiero salir de aquí!

Vicente salió como un pie de un zapato viejo: lentamente y muy apretado. Dani estaba tan contento de ver a su amigo que le hubiera dado un abrazo, pero

Vicente estaba demasiado ocupado tropezando por todas partes y apartando arañas imaginarias con los brazos. Dani lo ayudó a retirar las telarañas que se le habían pegado al cuerpo.

¡INCREÍBLE! ¡ME HAS ENCONTRADO!

BUENO, ERA DIFÍCIL NO VER AL MONSTRUO GIGANTE...

¡YA PODEMOS LARGARNOS DE AQUÍ!

—¡Oh, no! —A Vicente le dio un temblor—. Yo no vuelvo a ese agujero. Ha sido peor que ir al dentista. Al menos, el dentista no tiene arañas.

—¿Y entonces cómo vamos a salir de aquí?

Vicente dirigió el haz de la linterna al fondo de la cueva.

—Igual la cueva sale a algún lugar debajo de la colina.

Dani volvió a mirar el hueco por donde había entrado su amigo. Era cierto que parecía muy estrecho...

Camazotz se movió un poco mientras seguía durmiendo. Eso fue suficiente para que ambos se decidieran. Linterna en mano, Vicente y Dani corrieron al fondo de la cueva.

Estaba oscuro.

No era tan oscuro como el fondo del mar, pero sí más que las cloacas de la ciudad, y mucho más que un armario o el baño de casa cuando uno ha de ir en mitad de la noche.

Dedicaron un momento a contarse lo que les había pasado. A Dani le sorprendió que Camazotz fuese probablemente una chica y que (¡puaj!) creyese ser su madre. Vicente quedó bastante aterrorizado por el

encuentro de Dani con la anaconda. Pero parecía que
hasta sus voces quedaban aplastadas por el peso de la
oscuridad.

Por suerte, era un túnel muy amplio. El suelo era
rocoso y resultaba incómodo caminar, pero al menos
no iban chocando contra las paredes. Camazotz podría haber pasado por el hueco. Dani se preguntó por
qué no lo había hecho.

No vieron nada que pudiera ser una salida. Pero,
mientras Dani iluminaba el camino delante de ellos,
algo brilló.

—¿Qué es eso? —preguntó Vicente.

—No lo sé. Parece metálico...

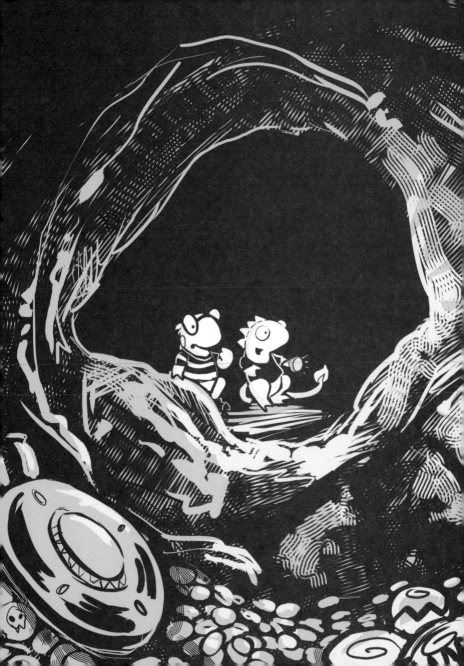

Se acercaron. El brillo creció y creció y creció.

Era oro.

Dani se quedó alucinado. Como a todos los dragones, le encantaban las cosas brillantes. Vicente tuvo
que pararlo antes de que saliese corriendo cerca del
lugar donde el túnel daba a una inmensa cámara.

El oro cubría el suelo: escudos, fundas de espada,
discos, dagas, cuchillos y collares. El haz de la linterna

rebotaba en el oro y les devolvía un reflejo que parecía un mar de luz.

—¡Esto... esto es un tesoro de verdad! —dijo Dani, admirado.

Vicente miró a su amigo. El dragón estaba absorto en pensamientos de pura codicia.

—No puedes llevártelo —gruñó—. Además, debe de ser propiedad de alguien. Los zapotecos se lo dieron al murciélago.

DRAGONES...

—¡Entonces pertenece al monstruo! ¡El monstruo no lo usa! ¡Al monstruo no le importa! —Dani levantó los brazos como para abarcar el paisaje, haciendo que la luz de la linterna se moviera como loca por el techo—. ¡Además, no lo quiero todo! Solo... bueno... un poco de oro, no demasiado. Camazotz ni se enterará.

—Había oro más arriba, si tanto lo deseas —dijo Vicente, molesto—. No teníamos por qué bajar hasta ahí. ¿Y cómo íbamos a volver a subir? No veo otra salida.

—Salir... —dijo Dani como ido; claramente, no había escuchado una palabra de lo que había dicho Vicente. Volvió a dirigir la linterna hacia el montón de ofrendas doradas. Iba a ser rico. Iba a tener un tesoro que sería la envidia de todos los dragones del continente. Seguro que sus padres lo obligarían a poner la mayoría en una cuenta de ahorro, pero le dejarían unas cuantas piezas, eran muy razonables, y seguramente le daría una a su madre, eso sería incluso mejor que ponerle el nombre de ella a una mariposa, y...

Algo se movió.

En el fondo de la sala, una forma —que Vicente había tomado por un grupo de rocas— se desplegó desde el techo.

Era otro murciélago. Otro Camazotz.

Vicente sabía que Dani estaba mirando el oro y no veía al monstruo, y sabía que tendría que gritar o agarrar a su amigo o avisarle o algo. Pero su mente, por alguna razón, estaba fija en una sola cosa: Esteban estaba equivocado. A veces sí duermen colgados del techo.

Nada tan grande podía ser tan silencioso. El murciélago apoyó la punta de un ala en el suelo y se dio la vuelta rápidamente. En aquella cueva debería haber

parecido pequeño; pero, en vez de eso, parecía aún más grande que Camazotz.

Dani dirigió la luz de la linterna hacia un escudo de oro especialmente bello, y se le escaparon ruidos de apreciación. Ahora Vicente solo podía ver el perfil del monstruo, las grandes alas plegadas y el brillo de sus enormes ojos.

—¡Es el hallazgo del siglo! —dijo Dani—. No podré esconderlo bajo la cama, así que necesitaré una más grande y...

Dani dijo, un poco más alto que Dani:

—¡Aaah!

—¿Qué pasa? —Dani le dirigió una mirada molesta—. ¿Es que tienes que ir al baño o algo así?

EEEP

El monstruo embistió.

De repente, Vicente ya no estaba paralizado. Cogió a Dani por un hombro y saltó atrás, hacia la boca de la cueva.

—¿Qué pasaaah?

La linterna resbaló de la mano de Dani y cayó rebotando por el precipicio, creando sombras de lo más curioso. El murciélago estaba cada vez más cerca; parecía correr más que un caballo de carreras.

—¡CORRE! —gritó Vicente, y se puso a hacerlo él, cayendo inmediatamente al suelo. El murciélago se dio contra la roca.

Cerró las fauces a pocos centímetros de las caras de Dani y Vicente, que recibieron un buen chorro de babas calientes y apestosas. Vicente gritó. El monstruo les dirigió un chirrido, un ruido horrible como de estática que Vicente sintió con todo su cuerpo, no solo con sus oídos.

Sí: al segundo Camazotz se le había quedado la cabeza atrapada en el agujero, que era demasiado pequeño para que pasasen sus hombros.

Pero las puntas de las alas sí le cabían. Extendió una hacia ellos, una gran masa de cuero con una garra en la punta como una guadaña. Dani cayó al suelo y arrastró a Vicente consigo.

El ala se movió inútilmente en el aire por encima de ellos y después volvió atrás. El segundo Camazotz metió de nuevo la cabeza y empezó a abrir y cerrar las fauces.

Dani recordó al Gran Nacho en la piscina: no pudo pegarle porque había adultos. Si consiguiese que viniera el otro Camazotz...

—¡Camazotz! —gritó—. ¡Camazotz, socorro!

—¡Se te ha ido la bola! —dijo Vicente—. Ya sé que lo digo a menudo, pero la verdad es que esta vez...

El segundo Camazotz volvió a asomar su garra por el túnel. Las paredes empezaban a temblar, y caían montañas de polvo con trocitos de piedra. ¿Dónde estaba la Camazotz de Dani? ¿Seguía durmiendo? ¿Se habría enterado de lo que pasaba?

Dani dejó de llorar a grito pelado un momento y susurró:

—¡Como le cuentes esto a alguien, yo diré que duermes con un conejo de peluche y que lo llamas «señor Dientes»!

—¡No metas al señor Dientes en esto!

Dani respiró hondo. ¿Servirían de algo los llantos? ¿Le habría oído el murciélago? ¿Respondería a su llamada?

Y entonces, de repente, se oyó un chirrido a todo volumen. Dani se volvió hacia él.

Tuvo tiempo suficiente como para notar que la cueva no estaba tan oscura como debiera sin la luz de la linterna. Justo entonces, una garra familiar lo cogió por el tronco y lo levantó.

La luz llegaba de la entrada de la cueva. Estaba claro que ya había amanecido. Camazotz los había cogido a los dos, uno en cada garra. Bajó la cabeza, olisqueó a Dani y le dio un breve lametazo.

De más lejos en el túnel llegó otro chirrido, seguido del ruido de garras golpeando piedra. Pareció que toda la colina temblase, y cayó aún más polvo del techo.

Y sí, eso pareció. El murciélago gigante los dejó ante la entrada de la cueva, pegó otro lametazo a Dani y volvió a dirigirse hacia el túnel. Se oyó otra furiosa descarga de estática, y la colina tembló como si un autobús hubiera chocado contra ella.

Camazotz se abría paso por el túnel, en dirección al otro murciélago gigante.

—¡Venga! —susurró Vicente—. ¡Larguémonos de aquí!

Dani miró con preocupación hacia Camazotz.

—Pero... yo... ¡no quiero que se haga daño!

—¡Larguémonos de aquí! Todo esto está temblando, y no sé qué es este ruido...

Dani lo cogió por la manga de la camiseta.

—¡Esteban, hay otro! ¡Por ahí! ¡Está atrapado en la cueva, y nuestra Camazotz ha ido a por él!

Esteban empezó a caminar en dirección al túnel para observar la escena, pero Vicente le impidió el paso, agitando los brazos.

—¡No hay manera de que podamos hacer nada! ¡Larguémonos de aquí antes de que nos aplasten o nos coman o las dos cosas!

Del túnel salió otro agudo rugido, que fue contestado por Camazotz.

—Parece enfadada —dijo Dani.

—Seguro que puede arreglarlo solita —dijo Esteban.

Vicente ya había renunciado a convencer a ninguno de los dos y estaba a medio camino de la salida.

Se oyó otro ruido, un golpe como de cuero, como si a alguien le hubiesen pegado un porrazo en el coco con un ala del tamaño de un hangar de avioneta, y un aullido. A Dani le dio la impresión de que este último no venía de «su» Camazotz.

—Parece que tiene la situación controlada —dijo Esteban.

—Sí... —Dani recordó cómo había ido su encuentro con la anaconda.

—Quizás deberíamos irnos de aquí.

—Sí.

MURCIÉLAGO Y DRAGÓN

El regreso al centro de investigación de Esteban pareció eterno; probablemente porque, mientras Vicente miraba hacia atrás una y otra vez para asegurarse de que no los seguían, cayó en otra telaraña. Se pasó el resto del viaje intentando quitarse hilos de seda invisible por todo el cuerpo y temblando, mientras Dani contaba a Esteban lo que les había pasado esa noche.

Dani se hubiera sentido peor por el asunto de Vicente y la telaraña si no fuese porque no dejó de lloriquear durante todo el viaje. Pensó que, en cuanto volviesen a casa, iba a atar al señor Dientes a un cohete de verbena y convertirlo en el primer conejo de peluche en el espacio.

Sí se alegró mucho de ver la casa de Esteban. Aunque en realidad un murciélago gigante no hubiera tenido problemas para echar abajo la puerta, era todo un alivio saber que había una pared de madera entre ellos y la jungla.

Esteban les preparó chocolate caliente y empezó a dar vueltas por la sala, diciendo:

EL OTRO MURCIÉLAGO DEBÍA DE SER LA PAREJA DE CAMAZOTZ.

—El otro debe de haberse vuelto demasiado grande para salir de la guarida, y ella le da de comer. —Esteban tomó un trago de cacao caliente—. No sería raro. Los vampiros a veces comparten sangre con otros de su cueva. Ella seguramente no quería llevarte allí por miedo a que él te comiera. Me pregunto si podríamos sacarlo de ahí...

Dani pensó en cómo sería pasarse la vida encerrado en una cueva, sin poder salir. Era difícil sentir lástima por el segundo Camazotz, pero Dani tampoco estaría de muy buen humor en su situación.

—En fin, si es por la ciencia...

—Yo no voy a ayudar a liberar a un monstruo murciélago gigante —dijo Vicente—. Ni siquiera por la ciencia.

—No, no tendrás que hacerlo —dijo Esteban—. Para eso están los becarios, que además no cobran un céntimo. Vosotros os vais a subir a un autobús y vais a volver a casa. Y os vais a llevar a vuestro amiguito. —Metió una mano enguantada en la funda de almohada y sacó con cuidado al murciélago que habían traído Dani y Vicente—. Vaya, parece que hasta ha comido algunos gusanos.

Fueron en silencio hasta la parada del autobús. Los pájaros seguían chirriando y los insectos seguían zumbando, pero Vicente estaba tan cansado que no tenía fuerzas ni para preocuparse. Si se le tenían que caer los brazos, pues que se le cayesen; solo esperaba que fuese rápido e indoloro.

Esteban esperó con ellos hasta que llegó el autobús. Dani cogió la funda de almohada con el murciélago dentro y subió a la puerta. Vicente se dejó caer en el primer asiento libre que vio. Dani se volvió un momento y miró a Esteban.

—¿Qué le habrá pasado a Camazotz? Para ser un murciélago gigante monstruoso, era *guay*... y el otro era tan grande...

—Seguro que está bien —dijo Esteban—. Para la ciencia es una nueva especie, así que las autoridades protegerán su cueva y las de los alrededores, por si acaso. Tú y Vicente habéis ayudado a salvar a su especie... y también a mis murciélagos. —Sonrió—. Creo que voy a llamarla *Camazotus Bocafueguii*...

—Oooh... —dijo Dani. Que pongan tu nombre a una mariposa es una cosa, pero que se lo pongan a un monstruo... ¡no podía ser mejor!

—¿Y qué, no ponen mi nombre en latín a ningún bicho? —dijo Vicente, con la cabeza pegada a la ventanilla.

—Bueno... —meditó Esteban—. Por tu innegable coraje en ir a buscar a Dani... quizás pueda dar tu nombre a los parásitos que tenga Camazotz. Hala, buen viaje.

¿¡PARÁSITOS!?

—Ya nos contarás que pasó con Camazotz —dijo Dani, y el autobús arrancó.

Durmieron casi todo el viaje de vuelta a casa, al menos después de que Vicente hubo acabado de mur-

murar sobre horribles parásitos gigantes. Casi era mediodía cuando entraron en la cocina de casa de Dani.

—Pareces muy cansado —dijo su madre—. ¿Os lo habéis pasado bien?

Vicente y Dani se miraron el uno al otro.

—¿No habréis estado despiertos toda la noche? —dijo la señora Bocafuego mientras vaciaba lo que quedaba en la cafetera.

—Sí... Esteban nos mostró la cueva donde investiga los murciélagos. —Parecía una explicación que no iba a darles problemas—. Fue muy... ejem...

—Emocionante —dijo Vicente.

—Sí.

La madre de Dani los miró con curiosidad. Se fijó en la suciedad de su ropa y en los círculos oscuros que tenían alrededor de los ojos. Decidió que lo importante era que habían vuelto y estaban bien, y mejor no querer saber nada más.

—Vale. ¿Por qué no vais a asearos, y yo, mientras, os preparo una buena comida?

—¡Genial! —dijo Dani, y fue a limpiarse las babas de murciélago y otros restos de su aventura de la noche anterior.

Aquella noche, en cuanto oscureció, Dani y Vicente salieron al patio. Dani llevaba guantes. Vicente se escondió tras una silla de jardín, por si acaso.

—Muy bien, pequeño —dijo Dani a la funda de almohada—. Es hora de irte.

Abrió la funda.

No pasó nada.

Dani frunció el ceño y dio un empujoncito hacia arriba en la parte inferior de la funda. Acabó volviéndola del revés hasta que vio al pequeño murciélago, que levantó la cabecita y miró a su alrededor.

—Venga —lo apremió Dani—, vete a hacer de murciélago por ahí. ¡Hay un montón de bichos esperándote!

—¡Unos bichos suculentos! —dijo Vicente desde detrás de la silla de jardín.

El murciélago chirrió, extendió las alas y se lanzó al aire. Dio una vuelta alrededor del patio, como una mancha marrón a la luz de la lámpara, y desapareció.

—Bueno, ya estamos —dijo Dani, limpiándose las manos con la funda—. Vamos a ver la tele.

—En el canal de la naturaleza ponen un documental sobre murciélagos —dijo Vicente con una sonrisa.

—Me gustan los murciélagos —replicó Dani con gran dignidad—. Los murciélagos son majos. Espero que al nuestro le vaya muy bien. Pero en estos últimos días ya he sabido todo lo que quería saber y más sobre murciélagos. ¿Dan alguna peli con explosiones o fantasmas o casas encantadas?

—Seguro que encontramos algo —dijo Vicente—. ¡Siempre lo encontramos!

¡No te pierdas
las próximas
aventuras de
Dani Bocafuego!

SOBRE LOS MURCIÉLAGOS...

Están entre los animales más útiles —¡y molones!— del planeta. Un solo murciélago puede comer más de mil mosquitos por hora, ¡y eso es un montón de bichos! Muchas plantas, incluyendo algunas de nuestras frutas preferidas, son polinizadas por murciélagos. El murciélago más pequeño del mundo pesa menos que una moneda de diez céntimos, mientras que algunos zorros voladores pueden medir más de dos metros de una punta a otra de sus alas desplegadas.

Por desgracia, los murciélagos están en peligro. A mucha gente le dan miedo; piensan que contagian la rabia, o que simplemente se les pueden enredar en el pelo. Y les han afectado mucho las enfermedades y la destrucción de sus cuevas. Hoy en día, los murciélagos necesitan nuestra ayuda.

¡VIVAN LOS MURCIÉLAGOS!